Les Idiomatics

Dans la même collection

Les Idiomatics
français-italien
« Point-Virgule », 1990

Les Idiomatics
français-allemand
« Point-Virgule », 1989

Les Idiomatics
français-anglais
« Point-Virgule », 1989

Les Idiomatics
français-espagnol

TEXTES DE GENEVIÈVE BLUM
DESSINS DE NESTOR SALAS

Éditions du Seuil

Ce livre est tiré de la série télévisée *Les Idiomatics*
proposée par Geneviève Blum, réalisée par Philippe Truffault,
produite par Denis Freyd.

Les Idiomatics est une série coproduite
par INITIAL GROUPE, LA SEPT et l'INA,
avec le concours du Centre national de la cinématographie.

Remerciements à Serge Mestre
pour sa participation à la traduction.

ISBN : 2-02-059659-8
(ISBN 2-02-010501-2, 1re publication)

www.seuil.com

Introduction

Voici donc qu'il pleut. Et qu'il pleut à verse. Qu'il tombe, comme on dit, des cordes. Dans ces conditions, je ne vous conseille pas d'aller en Espagne. Car, dès que vous aurez franchi les Pyrénées, ce ne sont plus des cordes mais des piques que vous recevrez sur la tête...

C'est ainsi que le veut la langue dans l'emploi de ce que nous appelons des expressions idiomatiques. Pour le traducteur, elles constituent un lieu de passage singulier. D'une langue à l'autre, des différences surgissent : des cordes ici, des piques là. Peu importe : elles *tomberont* toujours, puisqu'elles expriment la violence de la pluie. Que ce soit trente-six chandelles ou le vaste univers des étoiles, on les *verra* toujours, puisqu'il s'agit d'exprimer le phénomène optique qui accompagne une douleur intense. Et que la main du voleur soit prise dans le sac ou dans la pâte, cela importe peu aussi, car ce qui compte c'est de mettre en évidence cette main saisie dans ses mauvaises œuvres. Dans ce double mouvement de coïncidence et d'écart se fait donc le passage d'une langue à l'autre.

Deux figures de rhétorique semblent présider ainsi à la production des expressions idiomatiques : la métaphore et l'hyperbole. La première permet de reproduire une situation en gardant des éléments semblables. L'hyperbole, de son côté, sert à souligner l'importance de la pluie, de la douleur ou de l'agitation de celui qui, en France, remue ciel et terre et qui, en Espagne ou dans les pays hispanophones, devra se contenter de remuer Rome et Saint-Jacques-de-Compostelle.

Ce dernier exemple est intéressant. Car, dans une lecture hâtive, les expressions idiomatiques auraient pu apporter de l'eau au moulin idéologique de la différence. Ne pourrait-on pas attribuer à l'imagination débordante d'un peuple méditerranéen la métamorphose des cordes en piques et des trente-six chandelles en un vaste ensemble d'étoiles ? Mais voici que ce même peuple fait preuve d'une retenue considérable lorsqu'il se borne à remuer deux villes alors qu'en France nous n'hésitons pas à remuer ciel et terre. Que les poules aient des dents ou les grenouilles des poils, que l'on fasse son beurre ou son mois d'août (celui des moissons, bien sûr), tout en enfilant ses bottes, cela fait beaucoup moins une différence qu'une coïncidence face à des données de la nature ou de la vie quotidienne. Face à l'angoisse de la mort aussi, lorsque nous la banalisons en disant qu'une fois que nous aurons cassé notre pipe, nous ferons pousser des mauves, c'est-à-dire que nous mangerons les pissenlits par la racine. D'ailleurs, en espagnol on dit aussi que nous verrons pousser la laitue par la racine. Ce qui nous montre bien que l'imaginaire des hommes les rassemble plus qu'il ne les différencie.

Ce sont des vérités simples ou inévitables qui nourrissent les expressions idiomatiques, et les Pyrénées sont, certes, toujours là. La différence des langues subsiste, fort heureusement, mais en passant d'une langue à l'autre les expressions idiomatiques nous offrent l'occasion d'une rencontre bien plus que la preuve d'un irréductible écart.

Gabriel Saad

Il tombe des cordes

Caen chuzos de punta

Il tombe des piques

Voir trente-six chandelles

Ver las estrellas

Voir les étoiles

Prendre quelqu'un

la main dans le sac

Coger a alguien

con las manos en la masa

Prendre quelqu'un

les mains dans la pâte

Avoir une case en moins

Faltarle un tornillo a alguien

Avoir une vis en moins

Passer de la pommade à quelqu'un

Dar jabón a alguien

Passer du savon à quelqu'un

Retourner sa veste

Cambiarse la chaqueta

Changer de veste

Quand les poules auront des dents

Cuando las ranas críen pelos

Quand les grenouilles auront des poils

Manger les pissenlits par la racine

Estar criando malvas

Faire pousser des mauves

Remuer ciel et terre

Remover Roma con Santiago

Remuer Rome et

Saint-Jacques-de-Compostelle

Faire d'une pierre deux coups

Matar dos pájaros de un tiro

Tuer deux oiseaux d'un coup de feu

Mettre quelqu'un en boîte

Tomarle el pelo a alguien

Prendre les cheveux de quelqu'un

Porter le chapeau

Pagar el pato

Payer le canard

Coûter les yeux de la tête

Costar un ojo de la cara

Coûter un œil du visage

Mettre la charrue avant les bœufs

Empezar la casa por el tejado

Commencer la maison par le toit

Appeler un chat un chat

Llamar al pan, pan,

y al vino, vino

Appeler le pain, pain,

et le vin, vin

Jeter le manche après la cognée

Echar la soga tras el caldero

Jeter la corde après le chaudron

Construire des châteaux en Espagne

Hacer castillos en el aire

Construire des châteaux en l'air

Casser du sucre

sur le dos de quelqu'un

Cortar un traje a alguien

Couper un costume à quelqu'un

N'avoir ni queue ni tête

No tener ni pies ni cabeza

N'avoir ni pieds ni tête

Être tiré à quatre épingles

Estar de punta en blanco

Être en blanc d'un bout à l'autre

Monter sur ses grands chevaux

Subirse a la parra

Grimper à la treille

Faire son beurre

Ponerse las botas

Enfiler les bottes

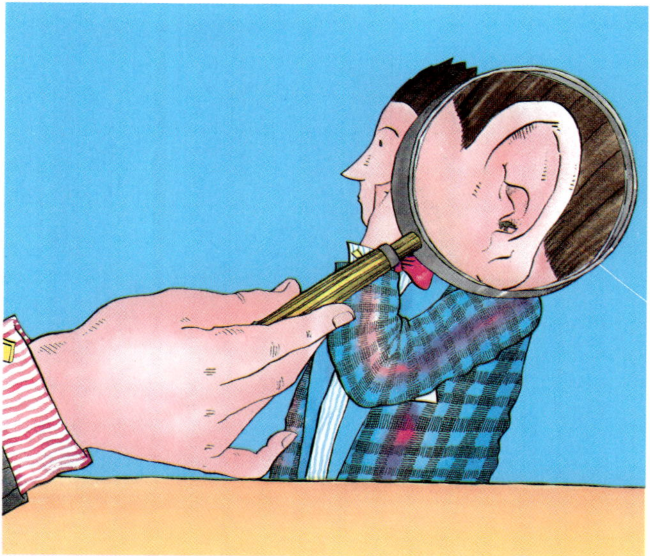

Avoir la puce à l'oreille

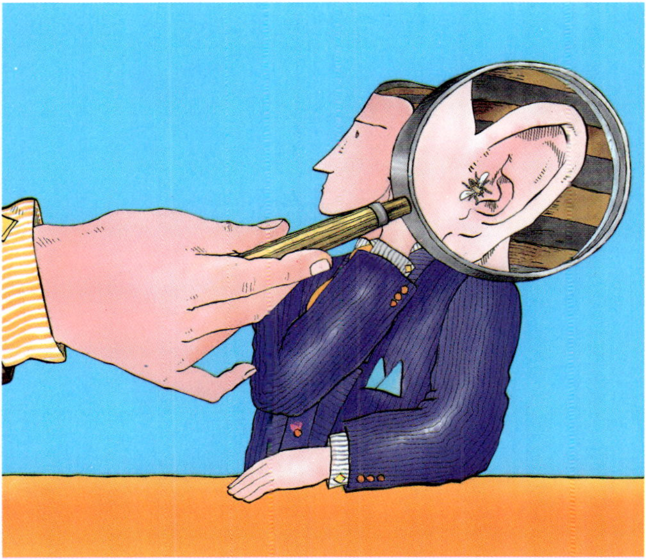

Estar con la mosca en la oreja

Avoir la mouche dans l'oreille

Jeter de l'huile sur le feu

Echar leña al fuego

Jeter du bois dans le feu

Être entre le marteau et l'enclume

Estar entre la espada y la pared

Être entre l'épée et le mur

Tirer la couverture à soi

Arrimar el ascua a su sardina

Approcher la braise de sa sardine

Il y a anguille sous roche

Hay gato encerrado

Il y a un chat enfermé

Payer les pots cassés

Pagar los vidrios rotos

Payer les vitres cassées

Perdre les pédales

Perder los estribos

Perdre les étriers

Ménager la chèvre et le chou

Encender una vela a Dios

y otra al diablo

Brûler un cierge à Dieu

et un autre au diable

Être au four et au moulin

Estar en misa y repicando

Être à la messe

et en train de sonner les cloches

Être sur la corde raide

Bailar en la cuerda floja

Danser sur la corde lâche

Dormir à poings fermés

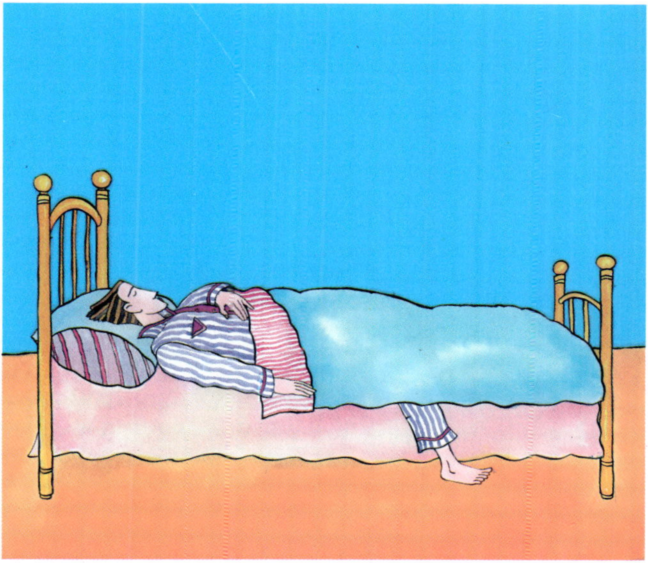

Dormir a pierna suelta

Dormir la jambe relâchée

Donner des coups d’épée dans l’eau

Echar lanzas en el mar

Jeter des lances dans la mer

Mettre dans le mille

Dar en el clavo

Taper dans le clou

Mener la danse

Llevar la batuta

Tenir la baguette

Chercher midi à quatorze heures

Buscarle tres pies al gato

Chercher trois pattes au chat

C'est une autre paire de manches

Es harina de otro costal

C'est la farine d'un autre sac

Passer le bébé à quelqu'un

Largar a otro el mochuelo

Passer le hibou à un autre

Faire porter le chapeau à quelqu'un

Echarle a alguien el muerto

Lancer le mort à quelqu'un

Casser sa pipe

Estirar la pata

Étirer la patte

Passer l'éponge

Echar pelillos a la mar

Jeter des petits cheveux à la mer

Serrer la vis à quelqu'un

Apretar las clavijas a alguien

Serrer les chevilles à quelqu'un

COMPOSITION : EUROCOMPOSITION À SÈVRES (HAUTS DE SEINE)
PHOTOGRAVURE : FRANCE-PHOTOGRAVURE À LYON (RHÔNE)
IMPRESSION : AUBIN IMPRIMEUR À LIGUGÉ
DÉPÔT LEGAL : AVRIL 2003. N° 59659 : P64985
IMPRIMÉ EN FRANCE